M. G. H. PARISET

LIEUTENANT-COLONEL D'ARTILLERIE EN RETR...

« La Terre, vieille de...
encore une force intestin...
dans la croûte oxydée, re...
la masse coulée. »
(GAY-LUSSAC, *Annales*...
Physique, t. XXI.

GAUTHIER-V...

BUREAU DES...

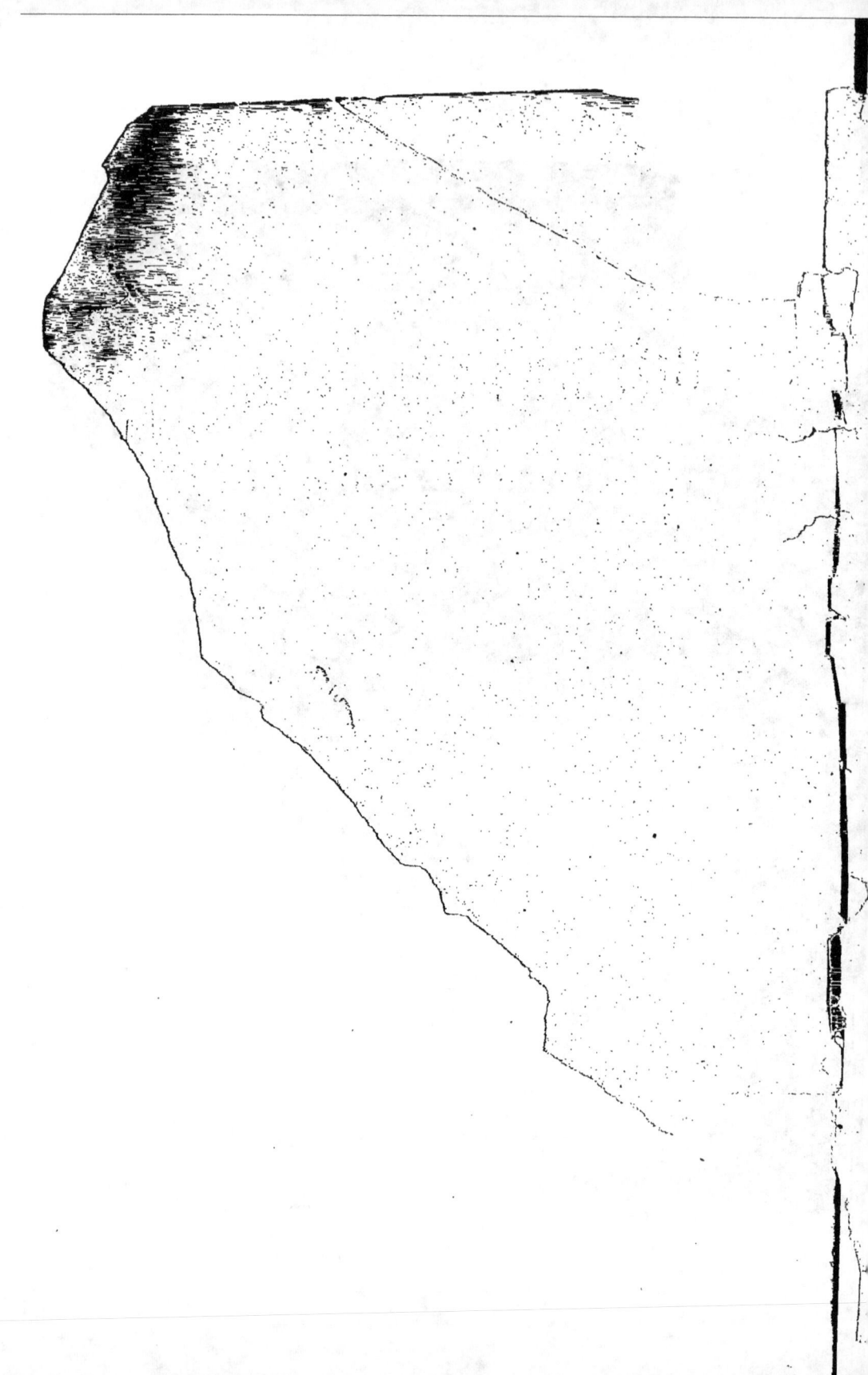

LES

SOULÈVEMENTS

TERRESTRES.

PARIS. — IMPRIMERIE DE GAUTHIER-VILLARS,
rue de Seine-Saint-Germain, 10, près l'Institut.

LES

SOULÈVEMENTS

TERRESTRES,

PAR

M. G.-H. Pariset,

LIEUTENANT-COLONEL D'ARTILLERIE EN RETRAITE.

« La Terre, vieille de tant de siècles, conserve
encore une force intestine qui élève des montagnes
dans la croûte oxydée, renverse des cités et agite
la masse entière. »

GAY-LUSSAC, *Annales de Chimie et de
Physique*, t. XXII.

PARIS,

GAUTHIER-VILLARS, IMPRIMEUR-LIBRAIRE

DU BUREAU DES LONGITUDES, DE L'ÉCOLE IMPÉRIALE POLYTECHNIQUE,

SUCCESSEUR DE MALLET-BACHELIER,

Quai des Augustins, 55.

1867

AVANT-PROPOS.

En étudiant autrefois les phénomènes de la précession des équinoxes et de la nutation, je me demandai quels devaient être ces mouvements lorsque notre globe était à l'état de fluidité incandescente. Les forces perturbatrices auxquelles sont dus ces phénomènes exerçant alors leurs actions sur des particules fluides, il me parut évident qu'il dut en résulter une déformation générale de la partie extérieure du globe, ce qui m'expliquait pourquoi sa surface n'est pas symétrique par rapport à l'équateur.

Je fus ensuite naturellement conduit à supposer que cette masse liquide dut persévérer dans son mouvement après la solidification des premières couches du globe. Le mouvement relatif à la précession n'étant autre chose qu'une rotation qui s'exécute autour d'un axe différent de celui de la Terre, il s'ensuit que la masse incandescente en mouvement dut tendre à soulever certaines régions de la surface du globe, tandis qu'il se formait, au contraire, des vides plus ou moins grands sous d'autres parties de cette surface, lesquelles tendaient à s'affaisser ou à s'écrouler sur la masse incandescente par l'action de la pesanteur.

Telles me paraissent être les causes simples et natu-

relles des inégalités qu'on observe sur la surface terrestre, et des révolutions dont elle porte partout l'em-
preinte.

Nous verrons qu'on doit y rattacher aussi les grands
tremblements de terre et les principales éruptions volcaniques.

Bien que cette question soit peu susceptible d'être
soumise à l'analyse, on peut néanmoins, en faisant abstraction des frottements et des résistances que les matières solides de la croûte terrestre opposent aux pressions intérieures, calculer les valeurs relatives des
soulèvements en différentes régions du globe. On re-
connaît ainsi que le lieu géométrique des inégalités
maxima se trouve sur la circonférence de l'équateur et
sur la section principale de l'ellipsoïde terrestre passant
par l'axe de rotation de la Terre et par celui autour duquel tourne la masse incandescente. Or, dans une étude
sur le magnétisme terrestre que j'ai publiée en 1862, j'ai
reconnu que l'axe des courants électriques auxquels est
due, suivant toute probabilité, la direction de l'aiguille
aimantée, décrit, du moins à peu près, une surface conique droite dont l'axe passe par un point de la surface du
globe situé à l'entrée du détroit de Behring, près du cap
Oriental. Comme il est naturel de supposer que ces courants sont dus aux pressions que la masse incandescente
exerce contre la surface interne de la croûte terrestre,
on est conduit à regarder cet axe comme étant aussi celui
des forces soulévantes. On peut voir, en effet, que la plu-
part des grandes chaines de montagnes sont situées sur

des cercles perpendiculaires au rayon terrestre aboutissant au détroit de Behring.

Ainsi, les plus grandes manifestations de la nature sur notre globe, savoir : les soulèvements et les dépressions de la surface du globe, les révolutions arrivées à cette surface, les tremblements de terre, les éruptions volcaniques; enfin tous les phénomènes du magnétisme terrestre, sont dus, selon nous, à une seule et même cause :

Le mouvement d'une masse incandescente située immédiatement sous l'écorce terrestre, tournant autour d'un axe différent de l'axe de rotation de la Terre.

LES

SOULÈVEMENTS

TERRESTRES.

La surface terrestre offre de toutes parts les traces des révolutions nombreuses qu'elle a éprouvées. Depuis des temps qu'il est impossible d'assigner, deux agents d'une extrême puissance paraissent avoir agi sur elle pour en modifier la forme et produire toutes les inégalités qu'on y observe. Le grand nombre de volcans éteints, disséminés sur cette surface, nous prouve que les phénomènes ignés durent se développer autrefois avec une intensité bien plus grande que celle qui se manifeste de nos jours dans les phénomènes semblables, et les innombrables débris de la mer, répandus jusqu'aux sommets des plus hautes montagnes, en attestant l'ancien séjour des eaux sur nos continents, nous font voir en outre qu'il s'est développé, à diverses époques, dans le sein de la Terre, des forces capables d'élever le fond des mers à de grandes hauteurs au-dessus de leur niveau; car il n'est pas vraisemblable qu'elles aient recouvert à la fois toutes les sommités dans leur position actuelle.

Les tremblements de terre, les soulèvements qu'on observe de nos jours sur des étendues considérables, nous prouvent enfin que les forces immenses auxquelles sont dus ces grands phénomènes agissent encore sous l'écorce terrestre et en altèrent insensiblement la surface.

Au premier aspect, rien ne paraît plus bizarre, plus

désordonné, plus confus que l'ensemble des inégalités de la surface du globe. Des chaînes de montagnes plus ou moins élevées, des plateaux immenses la traversent dans tous les sens. Les mers, qui en recouvrent les trois quarts à peu près, rencontrent les continents suivant des lignes dentelées et irrégulières dont les directions ne paraissent d'abord être soumises à aucune loi générale. De leur sein s'élèvent des îles nombreuses, lesquelles peuvent être considérées comme les sommets de chaînes de montagnes sous-marines. En tous lieux, dans l'intérieur de la Terre comme aux sommets les plus élevés, on aperçoit une suite de couches sédimentaires, de terrains de natures diverses présentant toutes les variétés possibles d'inclinaison, dont plusieurs renferment d'innombrables restes d'êtres marins ou fluviatiles, et qui, par conséquent, ont dû se former au sein des eaux.

Ces faits semblent prouver que des forces intérieures, dont la nature nous est inconnue, qu'elles aient agi instantanément ou avec lenteur, ont soulevé les continents à des hauteurs plus ou moins grandes, et, par suite, déplacé les mers qui les recouvraient. Les longues traînées de roches gigantesques connues sous le nom de *blocs erratiques,* qu'on trouve en certaines parties déprimées de la surface du globe, et qui ont dû y être transportées par des courants d'une extrême puissance, nous font voir que ces déplacements des mers se sont faits quelquefois subitement et avec la plus grande violence.

Ainsi, de quelque côté qu'on tourne ses regards, on ne voit que des traces de bouleversement, et la surface de notre planète paraît être une image parfaite du chaos.

Cependant, au milieu de cette confusion, on est enfin parvenu à démêler quelque régularité.

1° En comparant les directions des chaînes de montagnes contemporaines à un même plan de comparaison, M. Élie de Beaumont a reconnu qu'elles sont toutes parallèles à un grand cercle du globe dont on peut déterminer la position, et que les montagnes qui les composent sont d'autant plus élevées qu'elles appartiennent à des formations moins anciennes.

2° M. de Villeneuve-Flayosc, indépendamment de lois nombreuses qui établissent d'une manière frappante l'harmonie du relief de la Terre jusque dans ses plus petits détails, a signalé que les grandes chaînes de montagnes sont réparties sur des cercles perpendiculaires au rayon terrestre passant par le détroit de Behring.

Ces lois remarquables prouvent évidemment qu'on ne peut attribuer les inégalités de la surface du globe à des forces qui se seraient, à diverses époques, développées fortuitement dans le sein de la Terre, mais qu'elles sont les effets d'une cause régulière et générale, d'une extrême puissance, agissant depuis les premiers âges du globe, et dont l'action, bien que faible aujourd'hui, continue néanmoins de s'exercer sous l'enveloppe solide de la Terre.

Pour reconnaître la cause de ces phénomènes, il est nécessaire d'examiner quelles sont les forces dont les actions sur le globe pourraient modifier la forme de sa surface.

Nous admettrons, comme un fait suffisamment prouvé par l'ensemble des observations géologiques et par le rapport existant entre l'aplatissement du sphéroïde terrestre et la durée de la rotation diurne, que notre globe a été, à l'origine, à l'état de fluidité incandescente.

Considérons, par la pensée, cette masse incandescente tournant sur elle-même en décrivant son ellipse autour du Soleil. A cette époque, toutes les substances volatilisables formaient autour de notre planète une immense atmosphère. Cet état de choses dut avoir une bien longue durée; mais les pertes de calorique que le globe émettait sans cesse vers les espaces célestes durent amener de grands changements dans sa constitution physique, les substances les moins volatiles se condensèrent, et il se forma une couche de matières liquides sur le noyau incandescent de la Terre. Par les actions combinées de la pesanteur et de la force centrifuge, cette masse dut prendre la forme d'un ellipsoïde allongé dans le sens de l'équateur, et dans lequel les matières durent se disposer autour du noyau suivant le degré de leurs pesanteurs spécifiques.

Or, on peut assigner trois causes principales aux déformations de la surface du globe :

1° Les contractions que la masse terrestre a dû nécessairement éprouver par suite de son refroidissement;

2° Les changements subits d'équateurs qui ont pu résulter de chocs de comètes ayant des masses considérables ;

3° Enfin, les attractions du Soleil et de la Lune sur les parties fluides de la Terre.

Examinons successivement le degré de probabilité de chacune d'elles.

Les observations modernes ont établi avec évidence que les inégalités de la surface du globe ont eu lieu par voie de soulèvement ou d'affaissement *lent* ou *subit*. Pour qu'une des hypothèses dont il s'agit soit admissible, il faut donc qu'elle satisfasse d'abord à cette condition.

1° Les contractions dues au refroidissement de la Terre ont sans doute causé de nombreuses dislocations à sa partie extérieure solidifiée, et, par suite, amené des soulèvements et des dépressions dans certaines parties de sa surface; mais ces causes ont-elles eu assez de puissance pour produire les grandes inégalités qu'on y observe? Il est permis d'en douter, parce qu'il nous semble qu'on n'explique pas, dans cette hypothèse, la loi de répartition des principales inégalités du relief terrestre, ni l'absence presque complète d'élévations remarquables dans les régions polaires. Nous pensons donc que si l'on ne doit pas rejeter tout à fait les effets dus à cette cause, ils sont loin toutefois de représenter les phénomènes observés.

2° Les changements de température survenus dans certaines régions de la surface du globe aujourd'hui situées vers le nord ont fait supposer que le mouvement de rotation de la Terre a éprouvé plusieurs fois de brusques changements provenant de chocs de comètes. On a été ainsi conduit à une explication simple de la formation des inégalités et des bouleversements arrivés à la surface terrestre.

Il est facile, en effet, de se représenter les changements qui résulteraient du choc d'une comète animée d'une quantité de mouvement considérable; les masses liquides situées sous l'enveloppe solide de la Terre se porteraient aussitôt vers leur nouvelle position d'équilibre en brisant et soulevant violemment la croûte terrestre à de grandes hauteurs, et les mers, en se précipitant vers le nouvel équateur, produiraient des déluges partiels ou de grands cataclysmes semblables à ceux qui ont laissé des traces si profondes sur la surface du globe.

Cette hypothèse de chocs successifs rend, comme on voit, assez bien compte des faits principaux; mais elle ne peut expliquer les soulèvements lents, tels que celui qu'on observe depuis si longtemps sur les côtes de la

Scandinavie, etc. (*). Par conséquent, si l'on peut attribuer à des chocs de comètes plusieurs des révolutions
arrivées à la surface du globe, cette cause n'est pas la
seule qui ait produit les inégalités de cette surface.
Nous ferons remarquer d'ailleurs que les comètes, depuis
qu'on les observe, n'ont jamais offert que des masses
d'une extrême ténuité, d'où il suit que le choc d'un
de ces astres ne produirait sur la Terre qu'un effet insensible.

3° Voyons maintenant si les attractions du Soleil et de
la Lune sur la Terre ont pu produire des effets tels, qu'on
soit naturellement conduit à leur attribuer les formes
diverses qu'a prises l'enveloppe terrestre durant cette
longue période qui sépare les temps actuels de ceux où
notre planète était à l'état de fluidité incandescente.

On sait déjà que ces forces produisent deux phénomènes remarquables :

1° Un mouvement général d'oscillation des mers, en
vertu duquel ces masses liquides s'élèvent et s'abaissent
deux fois en vingt-quatre heures;

2° Un mouvement de l'axe terrestre d'après lequel
cet axe décrit une surface conique droite (avec de légères

(*) D'après les observations de M. Darwin et de plusieurs autres sa-
vants, il paraît que certaines régions très-étendues de l'Amérique méridionale ont été le théâtre d'un soulèvement lent et progressif, lequel a
donné naissance aux plaines unies de la Patagonie, couvertes de coquilles
marines récentes, et aux pampas de Buenos-Ayres.

Plusieurs parties de la Suède, ainsi que les côtes et les îles du golfe de
Bothnie, éprouvent depuis plusieurs siècles et aujourd'hui encore un
mouvement lent de soulèvement.

L'abaissement successif d'une partie de la côte occidentale du Groën-
land, qui, durant ces quatre siècles derniers, a eu lieu du nord au sud sur
une étendue de plus de 200 lieues, a été constaté par les observations du
Dr Pingel, naturaliste danois. (*Éléments de Géologie*, par Ch. Lyell, p. 109.)

variations) autour des pôles de l'écliptique, dans un intervalle de vingt-six mille ans environ.

Examinons en particulier quels seraient les effets dus à ce second mouvement, en supposant à la partie extérieure de notre globe un état physique différent de son état actuel.

Supposons d'abord, par la pensée, que le sphéroïde terrestre soit composé de deux parties : d'une sphère ayant le diamètre passant par les pôles, l'autre partie se composant d'une protubérance dont l'épaisseur, nulle au pôle, s'élève sous l'équateur à 20 000 mètres environ.

La première de ces parties, la partie sphérique, à raison de sa parfaite symétrie, ne doit évidemment éprouver aucune perturbation par l'action des forces dont nous venons de parler; mais il n'en est pas de même de la seconde, qui, se mouvant parallèlement à elle-même dans le cours de la révolution annuelle, doit se présenter aux deux astres perturbateurs dans une infinité de positions différentes où les attractions ne se compensent pas. Ces actions perturbatrices, combinées avec le mouvement diurne de rotation, doivent donc changer à chaque instant la direction de l'axe de ce mouvement; il se produit ainsi un mouvement rétrograde dont l'extrême lenteur provient de ce que le ménisque est lié à la masse terrestre qu'il entraîne dans sa révolution.

Imaginons que cette liaison cesse d'exister, et le ménisque équatorial devenu ainsi tout à fait indépendant du reste de la masse du globe terrestre. Les forces qui produisent ce mouvement, agissant sur une masse beaucoup plus faible, produiront nécessairement une rotation bien plus rapide. On trouve, en effet, par un calcul fort simple, que, dans cette hypothèse, le ménisque accomplirait une révolution entière dans un intervalle d'un peu plus de trois siècles.

Supposons maintenant qu'au lieu d'être tout à fait indépendant et solide, le ménisque soit entièrement liquide, et qu'on ait égard aux frottements que sa surface interne exerce contre la surface de la sphère formant la seconde partie du sphéroïde ; le mouvement révolutif du ménisque deviendra nécessairement plus lent, mais sans jamais cesser de se produire, à raison de la mobilité des particules qui le composent. Dans ce cas, cette protubérance sera donc encore animée d'un mouvement à longue période, dont il serait sans doute fort difficile de découvrir toutes les circonstances, mais dont l'existence seule nous intéresse.

Supposons enfin que le ménisque se compose de deux parties bien distinctes: l'une extérieure solide, l'autre intérieure à l'état de fluidité. Les forces perturbatrices, agissant sur la première, donneront lieu aux phénomènes de la précession et de la nutation, et leur action sur la seconde produiront encore dans cette masse une révolution à longue période, analogue à celle du cas précédent, mais dont la durée sera évidemment plus grande, à cause des résistances qu'elle éprouve dans son mouvement.

Or, il est incontestable, comme nous l'avons déjà fait observer, que notre globe a été autrefois à l'état fluide (*), au moins dans sa partie extérieure, et l'examen de la croûte terrestre, où l'on remarque de toutes parts des traces si nombreuses de l'action de feux souterrains, nous

_____

(*) « La fluidité primitive des planètes est clairement indiquée par l'aplatissement de leur figure conforme aux lois de l'attraction mutuelle de leurs molécules ; elle est, de plus, prouvée, pour la Terre, par la diminution régulière de la pesanteur en allant de l'équateur au pôle. »

(LAPLACE, *Exposition du système du monde*, p. 477, édition de 1846.)

prouve, en outre, que cette croûte a dû être autrefois à
l'état de liquidité incandescente; car on a constaté que
la température s'accroît assez rapidement à mesure que
l'on pénètre dans l'intérieur de la Terre, et que la loi de
cet accroissement est tel, qu'à une distance relativement
assez faible toutes les substances connues y seraient en
fusion. D'ailleurs, les immenses quantités de laves vo-
mies par les volcans nous prouvent que leurs canaux
doivent être en communication avec une source inépuisable de matières liquéfiées.

Il existe donc, sous l'enveloppe terrestre, un ménisque
liquide, incandescent, dont la révolution autour d'un
axe différent, mais peu éloigné de celui de rotation de la
Terre, a donné lieu, et produit encore en partie une
classe de phénomènes importants, tels que : les soulèvements et les dépressions terrestres; les révolutions ou
les déluges successifs, qui ont plusieurs fois bouleversé
la surface de la Terre; les éruptions volcaniques, souvent
séparées par de longues intermittences; les tremblements
de terre; enfin, tous les phénomènes si mystérieux du
magnétisme terrestre.

Nous rattachons ces grandes manifestations de la nature à cette seule cause, et nous allons chercher à prouver
qu'elles en sont une suite nécessaire.

Dans ce qui précède, je n'ai parlé que du mouvement
à longue période du ménisque, qui est produit par les
forces perturbatrices auxquelles sont dues la précession et
la nutation de l'axe terrestre; mais la masse fluide de la
Terre a dû, et doit sans doute encore, éprouver des oscillations analogues à celles du flux et du reflux de la mer,
toutefois avec des modifications dépendantes de la densité du fluide. On peut même admettre que les forces
auxquelles sont dus les mouvements d'oscillation des

mers pourraient produire sur la partie fluide et incandescente de la Terre, non des oscillations, mais bien un véritable mouvement de révolution. On démontre, en effet, « dans la *Mécanique céleste*, que pour la stabilité de l'équilibre de la mer il est nécessaire et il suffit que la densité moyenne de la Terre surpasse celle de l'eau. C'est parce que cette condition est remplie que les forces provenant des actions simultanées du Soleil et de la Lune ne produisent que de petites oscillations : si elle ne l'était pas, et que la Terre, par exemple, en conservant sa densité moyenne, fût recouverte par une mer de mercure, l'action des moindres forces étrangères au sphéroïde terrestre produirait, dans ce fluide, un mouvement progressif, de sorte que la mer, au lieu d'osciller, parcourrait la surface entière de la Terre (*). » Il paraît, en effet, que les éruptions volcaniques sont le plus fréquentes aux époques où les forces combinées du Soleil et de la Lune produisent leur maximum d'action sur les mers.

Les recherches que j'ai faites dans un travail antérieur sur le magnétisme terrestre m'ayant conduit à regarder un certain point, situé dans le détroit de Behring, comme le centre du petit cercle que paraît décrire le pôle magnétique boréal, et le rayon terrestre passant par ce point, comme la droite invariable autour de laquelle tourne l'axe des courants électriques dus aux pressions intérieures exercées par la masse incandescente contre la surface interne de la croûte terrestre, c'est naturellement cette droite que je dois considérer aussi comme étant celle autour de laquelle tourne l'*axe des forces soulevantes.*

Le mouvement à longue période du ménisque ne

(*) Poisson, *Traité de Mécanique*, t. 1er, p. 489, édition de 1833.

s'exécute probablement pas tout à fait de la même manière que celui d'un corps solide de même forme sur
lequel agiraient les mêmes forces perturbatrices : les
frottements et la densité variables des matières dont il
est composé, etc., doivent évidemment apporter de
grandes différences dans ses révolutions successives;
néanmoins, pour faciliter les explications, nous admettrons qu'il tourne comme un corps solide de même forme,
c'est-à-dire que son axe décrit une surface conique à peu
près droite, et faisant avec l'axe de rotation de la Terre
un angle égal à 26° 50′ (*).

Ceci admis, cherchons à analyser de plus près ce mouvement.

On conçoit d'abord que lorsque la protubérance équa-
toriale était entièrement liquide, les forces perturbatrices
exerçant leur action sur des particules mobiles durent
occasionner une déformation générale de cette masse liquide qui persista lorsque les premières couches du globe
se furent solidifiées. On voit ainsi pourquoi le sphéroïde
terrestre n'est pas symétrique par rapport à l'équateur.

Après la solidification des premières couches, le mouvement de la masse ignée dut évidemment se continuer
sous l'enveloppe solide de la Terre. Cette enveloppe étant
aplatie aux pôles, et le ménisque tournant autour d'un
axe différent de l'axe du monde, il s'ensuit que, pendant
la durée de sa révolution, il dut tendre à soulever certaines régions de la surface du globe, tandis qu'il laissait
au contraire des vides plus ou moins grands sous d'autres régions de cette surface, lesquelles tendaient à s'affaisser par l'effet de la pesanteur.

_____

(*) C'est le co-latitude du centre de la circonférence de cercle que décrit
le pôle magnétique dans son mouvement progressif de l'est à l'ouest.

Pour mettre dans tout son jour cette proposition fon-
damentale, soient A (*fig.* 1) la section principale du sphéroïde terrestre, considéré comme un ellipsoïde de révolution autour de l'axe de la rotation diurne, cette section

Fig. 1.

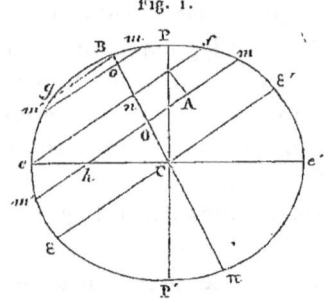

renfermant l'axe CB du ménisque ; *mm'* une section faite
à l'ellipsoïde, perpendiculairement à cet axe, et d'une
épaisseur infiniment mince.

En n'ayant égard qu'à la partie solide du globe et au
ménisque, on obtient ainsi deux anneaux elliptiques
ayant le même centre : l'un extérieur solide, l'autre intérieur et liquide. Pour éviter les circonlocutions, nous
désignerons le premier de ces anneaux par *e*, et le second
par *i*.

Cela posé, la rotation du ménisque autour de la droite
invariable CB a évidemment pour effet de faire tourner
l'anneau intérieur *i* dans l'anneau immobile *e*, autour
du point *o*, où la section *mm'* coupe l'axe de rotation.
Chacun des rayons vecteurs de *i* viendra donc successivement coïncider avec les divers rayons vecteurs de *e*. Les
parties de *e* seront donc repoussées, dans le sens de la
section *mm'*, lorsque des rayons vecteurs de *i* correspon-
dront à des rayons vecteurs de *e* moins grands qu'eux.
Au contraire, lorsque des rayons vecteurs de *i* correspon-

dront à des rayons vecteurs de *e* plus grands que ceux de *i*, il se formera un vide, et les parties correspondantes de *e* tendront à se déprimer, par l'action de la pesanteur, suivant les directions respectives des normales aux points où a lieu la coïncidence. En même temps, les parties repoussées tendront elles-mêmes, en vertu de cette même force, à revenir sur la surface suivant les mêmes directions.

Des effets analogues ayant lieu sur toutes les sections semblables qu'on peut faire au sphéroïde, on voit que, par suite du mouvement de rotation du ménisque, certaines parties de la surface terrestre seront soulevées, tandis que d'autres s'affaisseront. Les soulèvements se feront évidemment avec une extrême lenteur, mais les affaissements pourront être *lents* ou *subits*.

Chacune des sections perpendiculaires à l'axe de rotation du ménique renferme un rayon vecteur *maximum* et un rayon vecteur *minimum*. Le soulèvement maximum aura donc lieu lorsque le rayon vecteur maximum de *i* correspondra au rayon vecteur minimum de *e*; et la dépression maximum, lorsque le rayon minimum de *i* coïncidera avec le rayon maximum de *e*. Dans chacune de ces positions, la valeur du soulèvement, ou de la dépression, estimée suivant la direction du mouvement, est égale à la différence des rayons vecteurs maximum et minimum; et si on veut l'obtenir suivant la verticale, il faudra multiplier cette longueur par le cosinus de l'angle que cette direction fait avec la normale à la surface, au point où a lieu la coïncidence.

Les points correspondants à ces maxima et minima tracent, sur la surface de l'ellipsoïde, une ou plusieurs lignes qu'il serait intéressant de connaître, puisque la connaissance de ce lieu géométrique pourrait nous conduire aux lois suivant lesquelles sont distribuées les plus hautes chaînes et les plus grandes dépressions sur la surface du globe. En soumettant cette question au calcul, j'ai trouvé que ce lieu est la section principale renfermant l'axe de rotation du ménisque et la circonférence de l'équateur (Note III).

Indépendamment de ces inégalités maxima, il doit s'en être produit aussi de considérables dans le sens des grands cercles passant par l'axe CB des soulèvements et dans le sens perpendiculaire à cette droite.

En effet, quant aux premiers, considérons l'une quelconque des sections faites à l'ellipsoïde terrestre par un plan perpendiculaire à l'axe CB des soulèvements, et

Fig. 2.

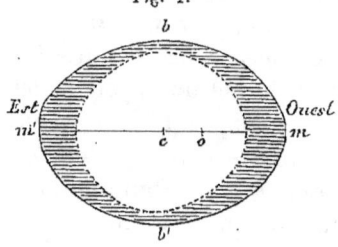

soit _o_ le point autour duquel s'exécute la rotation dans cette section elliptique. La partie de la croûte terrestre située vers _bm_, à l'ouest, sera soulevée, par suite des pressions qu'exercera la masse liquide affluente _bm'b'_, située à l'est. Or, dans les premiers âges du globe, lorsque cette croûte n'avait qu'une très-mince épaisseur, et que les particules du ménisque avaient plus de mobilité, le mouvement de rotation devait être plus rapide et la croûte offrir moins de résistance. Cette enveloppe solide devait donc s'élever et s'infléchir successivement, comme une suite d'ondulations, à peu près semblables à celles qui se seraient produites si cette enveloppe eût été parfaitement extensible dans tous les sens. Mais lorsque la croûte terrestre eut acquis plus d'épaisseur, les résistances aux pressions intérieures durent devenir beaucoup plus grandes, et les parties soulevées durent tendre, par conséquent, à persévérer d'autant plus dans l'état où elles se trouvaient qu'elles avaient plus d'épaisseur : c'est pourquoi les dernières formations offrent les altitudes les plus considérables, comme nous l'avons déjà fait observer.

Il résulte évidemment de ce mode d'action des forces soulevantes que la partie extérieure dut, à la longue, prendre la forme indiquée dans la figure ci-jointe, laquelle offre une courbe s'élevant par degrés insensibles

Fig. 3.

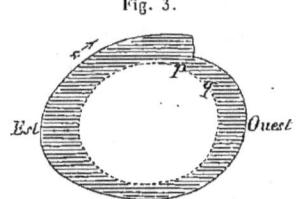

de l'est à l'ouest, sens de la rotation de la masse incandescente, tandis qu'à l'ouest elle dut présenter, au contraire, un escarpement plus ou moins grand, selon le degré de la résistance. Or, plus la matière du ménisque s'élève, plus la pression diminue dans le sens vertical, à raison de la pesanteur, dont l'action tend sans cesse à ramener sur la surface les parties soulevées. On est donc naturellement conduit à admettre qu'il dut arriver un instant où la matière ignée dut tendre à glisser sous l'escarpement en pq. Maintenant, si l'on considère que le rayon vecteur maximum, sur la section centrale $\varepsilon\varepsilon'$ (*fig.* 1), est le demi-grand axe de l'ellipsoïde, dont la projection

est au centre C (*voir* la Note III) de la section principale;
que celui de la section menée par le pôle B est la distance B*g*, très-petite relativement au rayon terrestre, à
cause de la faible excentricité de la section principale;
que tous les rayons vecteurs, menés dans chaque section
aux divers points des ellipses dont les projections sont sur
la droite CB, diffèrent peu en longueur des rayons vecteurs maximum; enfin, si l'on a égard à l'extrême lenteur
du mouvement de rotation de la masse ignée, et à ce que
la forme de la surface a dû persévérer après le retrait des
masses soulevantes, lorsque cette croûte avait une grande
épaisseur, on sera conduit à conclure qu'il a dû se former
une suite d'inégalités sur toute l'étendue d'un grand
cercle passant par l'axe de rotation des soulèvements.
C'est aussi l'une des directions les plus remarquables
qu'offrent les parties les plus saillantes du relief de notre
planète. Il suffit, en effet, de jeter les yeux sur un globe
terrestre pour s'apercevoir immédiatement que l'immense
chaîne des Andes, qui renferme une grande partie des
sommités les plus élevées du globe et le plus grand nombre de bouches ignivomes, s'étend, sans presque s'en
écarter, sur un grand cercle passant par le détroit de
Behring, c'est-à-dire par la droite qui, dans notre hypothèse, est l'axe des soulèvements. On remarquera de plus
que la partie de l'Amérique méridionale située vers l'est
s'élève en pente insensible jusqu'à cette chaîne, tandis
qu'à l'ouest on ne voit de toutes parts que d'immenses
escarpements.

Nous allons maintenant chercher à prouver qu'il doit
aussi exister d'immenses soulèvements sur des sections
perpendiculaires à l'axe CB. En effet, nous avons vu que la
valeur de la plus grande inégalité sur une section quelconque perpendiculaire à l'axe CB, estimée suivant la

verticale, est égale à la différence du rayon vecteur
maximum au rayon vecteur minimum, multipliée par le
cosinus de l'angle que la trace mm' de la section fait avec
la normale à la surface au point du minimum. Il est donc
facile d'obtenir les valeurs numériques des soulèvements
maximum sur diverses sections. Toutefois, hâtons-
nous d'ajouter que les résultats auxquels on parvient
ainsi doivent être sans doute fort éloignés de représenter les véritables valeurs, puisque, dans ces calculs, on
fait abstraction des effets dus à la pesanteur et de toutes
les résistances que l'enveloppe solide oppose aux pressions de la masse liquide intérieure. Néanmoins cette
marche permettra peut-être de mettre à peu près en évidence les lois générales suivant lesquelles sont réparties
les grandes inégalités de la surface du globe.

On trouve ainsi que, sur la section centrale que nous
nommerons l'*équateur de Behring*, à l'exemple de M. de
Villeneuve–Flayosc, le soulèvement maximum a pour
valeur 4336 mètres. Si notre théorie est fondée, il faut
donc qu'il n'existe sur tout le contour de cet équateur
aucune hauteur qui atteigne cette limite; mais l'une
d'elles pourrait en approcher, car la partie soulevée dans
cette région doit l'être dans le sens vertical.

Or, si l'on suit avec attention le cours de cet équateur,
on verra qu'il rencontre l'équateur terrestre dans le
grand Océan, près de Quito; qu'il s'élève ensuite sur la
Nouvelle-Grenade, traverse l'océan Atlantique et atteint
la côte occidentale d'Afrique vers le cap Blanc; qu'il traverse ensuite le désert de Sahara dans sa plus grande lar-
geur, passe au-dessus de la Nubie, rencontre de nouveau
l'équateur, et ne s'étend plus dans le reste de son cours
que sur le grand Océan. Il semble donc qu'il ne se trouve,
en effet, aucune altitude remarquable sous cet équateur.

Si l'on fait des calculs analogues pour la section passant par le pôle B de cet équateur, où le minimum des rayons vecteurs est nul, on trouvera que le rayon maximum ou le soulèvement dans le sens de mm' a pour valeur 34000 mètres. Mais, en ce point, l'angle que mm' fait avec la normale à la surface de l'ellipsoïde étant égal à 84 degrés environ, son cosinus est très-petit, ce qui réduit ce soulèvement à 2500 mètres seulement, lorsqu'on l'estime dans la direction de la verticale. On trouvera sans doute que cette valeur est encore très-élevée relativement à celle qu'on a obtenue pour l'équateur; mais nous ferons remarquer que la direction du soulèvement au pôle B fait, avec la tangente à l'ellipsoïde en ce point, un angle très-petit, et que, par conséquent, la matière incandescente, qui devait surgir lorsque la croûte terrestre avait peu d'épaisseur, dut se répandre en nappe sur cette surface; ce qui nous montre pourquoi on n'observe que de très-faibles hauteurs sur toute la région qui environne ce pôle.

Nous n'avons pas poussé plus loin ces calculs, à cause de l'incertitude des résultats. On sent bien qu'il n'est pas possible de traiter avec une rigueur mathématique une question qui renferme tant d'éléments dont on ne peut apprécier l'influence. Toutefois, comme les soulèvements calculés vont en croissant depuis l'équateur de Behring jusqu'à une certaine limite peu éloignée de son pôle, tout nous porte à penser que leur maximum existe dans la région de la surface du globe qui offre les plus hautes cimes qu'on ait mesurées. On y voit, en effet, la chaîne de l'Himalaya, vers le centre de l'Asie, sur la limite de l'Hindoustan et de l'empire chinois, s'étendant sur un espace fort grand, dont on ne connaît pas bien les limites, à peu près parallèlement à l'équateur de Behring. Une partie du Thibet et du petit Thibet, dont les sommets sont couverts de neiges éternelles, s'élèvent sur les pentes septentrionales de l'Himalaya. Le Kuen-lun des Chinois, noyau d'une hauteur prodigieuse dont ils ont fait, dans leur géographie mythologique, le *roi des montagnes*, le *point culminant de toute la terre*, la montagne qui touche au pôle et qui soutient le ciel, l'*Olympe des divinités bouddhiques* et des *Tao-see*, comme le dit Abel Rémusat, se trouve également dans cette direction. « C'est de ce plateau que partent les hautes chaînes qui font du Tangout, du K'ham, du Szatchouan occidental et du Yun-nan un des pays les plus élevés du globe, et dont le niveau du sol est peut-être plus élevé que celui qui sert de base aux plus hauts colosses de l'Himalaya (*). » Enfin, on remarque aussi, dans l'Asie centrale, la grande chaîne de l'Altaï, dont les cimes s'élèvent dans la région des nuages, courant dans cette direction en formant le grand contre-fort septentrional du plateau central de l'Asie.

Dans l'hémisphère austral on remarque, à peu près à la même distance de l'équateur de Behring, « la haute vallée de Titicaca, que l'on peut (dit Balby) appeler justement le *Thibet du nouveau monde*, à cause de la prodigieuse élévation des pics qui l'entourent et de la hauteur du sol au-dessus duquel ils s'élancent (**). »

L'axe du ménisque incandescent ne décrit pas seulement une surface conique droite autour d'un axe invariable ; il doit évidemment éprouver, comme l'axe terrestre, un léger mouvement d'oscillation analogue à celui qui produit le phénomène de la nutation. Or on peut conclure, par analogie à cette dernière, que la durée

---

(*) BALBY, *Abrégé de Géographie*, p. 650.
(**) BALBY, *Abrégé de Géographie*, p. 935.

d'une oscillation entière est beaucoup moindre que celle
de sa révolution. Il doit donc se produire, dans la masse
soulevée, des soulèvements parallèles au grand cercle du
globe où se trouverait toute la masse du ménisque, si
on la concevait concentrée dans son équateur en une
espèce d'anneau. On est conduit ainsi à l'explication de
l'une des plus belles lois de la Géologie, consistant en
ce que les chaînes contemporaines sont à fort peu près
parallèles à un grand cercle du globe.

On peut encore tirer des considérations précédentes
quelques conclusions importantes.

On sait que les changements survenus à la surface de
la Terre se sont manifestés de deux manières bien différentes : les uns avec une extrême lenteur, les autres subitement. Le mouvement du ménisque intérieur conduit
encore à une explication simple et claire de ces phénomènes. En effet, il est évident qu'en raison de l'épaisseur
toujours croissante de l'enveloppe solide du globe, les
soulèvements ne durent se développer qu'insensiblement, tandis que, au contraire, les parties de la croûte
terrestre sous lesquelles se formaient des vides plus ou
moins grands durent souvent éprouver des dislocations
et des écroulements qui causèrent ces déluges partiels et
ces grands cataclysmes dont on voit partout des traces si
profondes sur la surface de la Terre.

3º L'illustre géologue à qui l'on doit la belle loi du
parallélisme des chaînes contemporaines a trouvé aussi,
en déterminant l'âge relatif des différentes chaînes de
montagnes, que leurs hauteurs sont en raison inverse de
leur ancienneté. Ce résultat remarquable s'explique encore très-simplement. En effet, l'enveloppe solide de la
Terre dut tendre d'autant plus à persévérer dans son état
de soulèvement, qu'elle avait plus d'épaisseur; par con-

séquent, les hauteurs des soulèvements successifs doivent aller en augmentant depuis les premières jusqu'aux dernières formations.

Telle nous paraît être la cause simple et naturelle de toutes les inégalités de la surface du globe et des révolutions qu'elle a subies.

On objectera peut-être que, dans notre hypothèse, tous les soulèvements n'ont lieu qu'avec une extrême lenteur, et qu'on a néanmoins observé fréquemment des exhaussements *subits* du sol assez considérables. On peut en citer, il est vrai, de nombreux exemples; mais on remarquera que ces soulèvements se sont toujours produits à la suite de commotions souterraines et d'éruptions volcaniques.

Ainsi, à Saint-Georges-des-Açores, en 1808, le terrain, après s'être soulevé, s'ouvrit sur plusieurs points, et une énorme quantité de scories et de ponces furent projetées sur une étendue de 4 lieues de long et 1 de large.

On peut citer encore la formation si remarquable du Jorullo, au Méchoacan, près de la ville d'Ario, le 29 septembre 1759, après deux mois de tremblements de terre.

« Au milieu d'une plaine il se forma en une nuit, dit M. de Humboldt, une gibbosité de 160 mètres de hauteur vers son centre, couverte par des milliers de petits cônes fumants, au milieu desquels s'élevèrent six grandes buttes placées sur une même ligne, dans la direction des volcans de Colima et de Popocatepelt. La plus haute de ces buttes, nommée *Jorullo*, était de plus de 500 mètres de hauteur au-dessus de la plaine; de ses flancs il s'échappa une assez grande quantité de laves. » (*Géologie* de Beudant.)

On pourrait aisément multiplier ces citations; mais ces

soulèvements, qui paraissent d'abord si considérables, sont bien faibles lorsqu'on vient à comparer leur étendue à la surface du globe et leurs altitudes à celles des grandes chaînes de montagnes. Étant dus aux mêmes causes qui produisent les tremblements de terre et les éruptions volcaniques, ils ne peuvent avoir évidemment aucun rapport avec la grande loi du parallélisme des chaînes contemporaines, laquelle paraît embrasser toute la circonférence du globe. Nous pensons donc qu'on ne doit attribuer ces sortes de soulèvements qu'aux forces accidentelles auxquelles sont dus les tremblements de terre.

Concluons donc, de tout ce qui précède, qu'il est très-vraisemblable que :

1° Les inégalités de la surface du globe sont dues au mouvement de rotation d'une masse incandescente située immédiatement sous l'enveloppe solide du globe, et tournant autour d'un axe différent de l'axe du monde.

2° L'accroissement des altitudes, des pôles à l'équateur de Behring, résulte de ce que, pour obtenir la valeur d'un soulèvement maximum sur une section quelconque perpendiculaire à l'axe de rotation du ménisque, il faut multiplier la différence des rayons vecteurs *maximum* et *minimum* par le cosinus de l'angle que la direction du soulèvement fait avec la normale à la surface de l'ellipsoïde terrestre au point où se fait la coïncidence de ces deux rayons; or, il est visible que cet angle croît avec la latitude : par conséquent, le second facteur du soulèvement, qui est le cosinus de cet angle, diminue de l'équateur aux pôles.

3° La loi du parallélisme des chaînes contemporaines vient de ce que l'axe du ménisque incandescent éprouve, dans son mouvement de révolution, un mouvement d'oscillation analogue à celui de l'axe de rotation de la Terre, et auquel est due la nutation.

4° Les formations des hautes chaînes et des hauts plateaux, et généralement toutes les altitudes qui se rapportent à la loi du parallélisme, se sont produites avec une extrême lenteur.

5° Les soulèvements subits du sol, qu'on a constatés à différentes époques, proviennent des causes purement accidentelles auxquelles sont dus les tremblements de terre et les éruptions volcaniques.

6° Les affaissements lents ou subits résultent de ce que le ménisque, dans son mouvement progessif, laisse des vides sous certaines parties de l'enveloppe solide du globe, d'où il suit que ces parties tendent à se déprimer par l'action de la pesanteur, dépression qui peut s'opérer lentement ou subitement.

Dans le premier cas, il y a immersion lorsque la région déprimée est environnée par la mer : c'est ainsi que l'Atlantide se serait ensevelie sous les eaux en un jour et une nuit, suivant les traditions égyptiennes.

Dans le second cas, lorsque la dislocation a une étendue considérable et que la dépression est très-grande, il se produit une révolution violente et quelquefois un grand cataclysme par l'invasion subite des eaux de la mer sur la région déprimée.

7° On sait que les phénomènes du magnétisme terrestre peuvent s'expliquer en admettant qu'il existe dans l'intérieur de la Terre, près de sa surface, des courants électriques circulant de l'est à l'ouest. Dans un travail publié en 1862, je crois avoir prouvé que le pôle magnétique décrit à peu près une circonférence de cercle dont le centre est situé près du cap Oriental, vers le détroit de Behring. Le rayon du globe aboutissant à ce point peut donc être considéré comme étant la droite, à peu près invariable, autour de laquelle tourne l'axe des courants électriques. Mais ces courants sont vraisemblablement produits par les pressions que le ménisque incandescent exerce contre la surface interne de la croûte terrestre ; on est donc conduit à admettre que cette droite est aussi celle autour de laquelle tourne l'axe des sections ellip- tiques parallèles entre elles, dans lesquelles agissent les pressions intérieures qui tendent à soulever la surface terrestre, droite que nous nommons *axe des soulèvements*.

Les inégalités *maxima* devant s'être produites sur la circonférence de l'équateur et sur le méridien mené par l'axe de rotation du ménisque, il est vraisemblable que cette loi de *maxima* doit se manifester dans le relief actuel de la surface du globe. En effet, si l'on suit sur un globe le cours de l'équateur terrestre, on verra que ce grand cercle s'étend sur des mers dans les trois quarts de son cours, et qu'il s'élève, dans l'autre partie, sur les cimes les plus élevées des Andes.

Quant au méridien passant par l'axe des soulèvements ou par le détroit de Behring, il embrasse un hémisphère entier de mer, tandis que, dans l'autre hémisphère, il passe sur les sommités des Alpes et sur les chaînes de l'Afrique centrale, trop peu connues jusqu'ici pour qu'on puisse en parler.

APPENDICE.

NOTE I.

DES TREMBLEMENTS DE TERRE.

La nature, dans ses manifestations les plus imposantes, n'est jamais plus terrible que dans ces grandes commotions du sol nommées *tremblements de terre*. Dans un instant, des villes populeuses, des contrées entières sont bouleversées de fond en comble; les rochers sont fendus, des montagnes s'écroulent, et la mer, dont les mouvements paraissent avoir une relation intime avec ces grandes crises, éprouve des oscillations violentes qui viennent ajouter leurs ravages à ceux de la Terre.

Ces redoutables phénomènes sont ordinairement précédés par de sourds mugissements, des détonations souterraines, et, lorsqu'ils sont sur le point de se produire, par un bruit semblable, dit Spallanzani, à celui de plusieurs chars roulant sur un pont de pierres.

Werner distingue deux sortes de tremblements de terre : les uns ont leur centre d'action près d'un volcan, et leurs effets ne s'étendent qu'à de petites distances; les autres paraissent, au contraire, avoir leur foyer à de grandes profondeurs, et leurs commotions s'étendent sur des espaces immenses avec une rapidité inouïe. Celui qui détruisit Lisbonne en 1755 ébranla presque en même temps une grande partie de l'Europe et se fit ressentir en Islande et même jusqu'aux Antilles. La commotion dont Lima fut victime, le 27 octobre 1756, se propagea jusqu'en Europe.

Nous pourrions faire une longue énumération des désastres qui ont été occasionnés par les tremblements de terre à toutes les époques de l'histoire; mais notre but étant seulement d'in-

3

diquer la cause à laquelle il nous paraît qu'on doit attribuer les commotions souterraines, nous nous bornons à ces deux exemples.

Recherchons donc quelles sont les forces capables de produire ces terribles accidents de la nature.

Dans le chapitre précédent, nous avons attribué la formation des chaînes de montagnes aux immenses pressions qu'une masse incandescente, située immédiatement sous l'enveloppe solide du globe, et tournant autour d'un axe différent de celui de rotation de la Terre, exerce contre cette surface. Mais ces pressions ne peuvent évidemment avoir aucun rapport avec les forces auxquelles sont dus les tremblements de terre. Ces dernières sont bien aussi d'une extrême puissance, mais elles n'agissent pas avec lenteur comme les premières; au contraire, elles se développent instantanément avec une incroyable énergie, comme s'il se formait tout à coup au sein de la Terre un énorme volume de gaz élastiques ou de vapeurs. Quant à la formation subite de fluide gazeux, rien ne peut nous conduire à penser qu'il puisse se produire instantanément un volume d'un gaz quelconque assez considérable pour produire les immenses effets des grands tremblements de terre. C'est donc à la réduction subite d'une énorme masse d'eau en vapeurs qu'il faut recourir pour expliquer ces phénomènes.

Déjà M. d'Aubuisson, dans son *Traité de Géognosie*, a indiqué, comme étant la cause principale des tremblements de terre de la première espèce, la réduction subite en vapeurs d'un volume d'eau considérable. Cet éminent géologue a cité à l'appui de cette opinion une observation fort ancienne d'après laquelle les éruptions volcaniques seraient plus fréquentes après des pluies prolongées.

Les tremblements de terre dont le centre d'action est situé à une grande profondeur n'ont pas, selon nous, une cause différente de celles qui produisent les commotions volcaniques ou les petits tremblements de terre. Seulement, dans le cas actuel, le volume de vapeur produit subitement est extrêmement grand, et il agit sur une bien plus grande étendue de l'écorce terrestre.

Pour en donner l'explication, il suffit de considérer que le fond de la mer n'est séparé de la masse incandescente que par une couche dont l'épaisseur variable peut devenir très-faible en certaines régions par suite de causes accidentelles. Ce qui le prouve, c'est qu'il existe des volcans brûlant même au sein des eaux ; les phénomènes observés à Saint-Georges-des-Açores, les formations des petites îles de Santorin, Therasia, Apronisi, etc., celles plus récentes du Monte-Nuovo, au fond de la baie de Baïa, sur la côte de Naples, du volcan d'Una-laska, dans les îles Aleutiennes, etc., ne laissent aucun doute à cet égard.

Or, nous avons vu que, par suite de la forme aplatie du sphé-roïde et de la rotation de la masse incandescente, il doit se former des vides plus ou mois grands sous certaines parties de l'enveloppe solide du globe, lesquelles doivent tendre néces-sairement à s'affaisser. On peut donc admettre que le fond de la mer, sur une étendue plus ou moins grande, puisse s'écrou-ler quelquefois sur la masse incandescente.

Il est facile de se représenter les effets dus à l'invasion subite des eaux sur la masse ignée : il doit évidemment se former ins-tantanément un volume de vapeur plus ou moins grand, quel-quefois énorme, lequel se répand, avec la vitesse résultant de la force explosive de la vapeur, sous toutes les parties de la sur-face interne restées intactes, et occasionner des commotions plus ou moins fortes qui se répètent jusqu'à ce que cette vapeur ait pu trouver une issue, soit par la mer, soit par les fissures du sol, soit par les cratères des volçans, et l'on conçoit que la force élastique de cette masse puisse être assez puissante pour ébranler au loin la Terre, faire surgir des îles, soulever les continents sur de grandes étendues, et produire enfin toutes les circonstances qu'on observe ordinairement dans ces grands phénomènes.

3.

NOTE II.

DES VOLCANS.

« Le Pyriphlégéton de Platon, en roulant ses
flots de feu à l'intérieur de la Terre, nourrit
tous les volcans qui vomissent de la lave. »

On sait que les volcans sont des ouvertures dans l'écorce
du globe, placées presque toujours sur le sommet d'une
montagne isolée, d'où il sort de temps en temps des jets de
substances embrasées et des courants de matières fondues
qui portent le nom de *laves*.

Les canaux par lesquels montent ces laves doivent s'étendre
jusqu'au ménisque incandescent. En effet, l'immense quantité des déjections volcaniques prouve avec évidence qu'ils
sont en communication constante avec une source inépuisable
de matières liquéfiées. Cette raison est peut-être la plus forte
qu'on puisse invoquer en faveur de l'existence d'une masse
à l'état de liquidité incandescente située sous l'écorce terrestre.

Les volcans ne sont pas toujours en activité; ils ont des pé-
riodes de tranquillité plus ou moins longues qui embrassent
quelquefois plusieurs siècles. Le Vésuve était éteint depuis
très-longtemps lorsqu'il se ralluma tout à coup sous le règne
de Titus et ensevelit les villes de Pompéia, d'Herculanum et
de Stabia sous le produit de ses déjections. Il s'assoupit de
nouveau à la fin du xv⁰ siècle; et lorsque, en 1630, il reprit
son action, sa cime était habitée et couverte de grands bois.

Nous n'entrerons pas dans de plus grands détails, parce que
nous n'avons en vue que de faire connaître les causes qui,
selon nous, ont présidé à la disposition singulière des volcans situés presque tous à de petites distances de la mer, et
celles auxquelles on doit attribuer les intermittences de leurs
éruptions, faits qui nous paraissent avoir une relation intime
avec le mouvement de rotation de la masse incandescente
placée immédiatement sous l'écorce terrestre.

1° Pour nous rendre compte de la disposition des volcans le long des côtes, nous remarquerons que, sous les parties déprimées de la surface de la Terre comme le sont le fond des mers, la masse incandescente doit être en quelque sorte refoulée sur elle-même, et qu'elle doit, par conséquent, exercer de puissantes pressions dans les parties angulaires telles

Fig. 4.

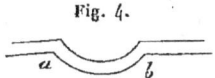

que *a* et *b*, qui lient le fond de la mer à une île ou à un continent; c'est donc aussi dans ces parties que la matière incandescente doit avoir le plus de tendance à soulever l'enveloppe solide du globe (*).

2° Les intermittences des éruptions nous paraissent résulter des vides que le ménisque incandescent laisse sous l'enveloppe terrestre dans son mouvement de rotation. En effet, les déjections volcaniques étant des produits de la masse ignée, on doit évidemment observer les éruptions lorsque les matières embrasées sont poussées dans les canaux des volcans jusqu'au delà du cratère, par suite des pressions qu'éprouve cette masse ignée dans son mouvement de rotation; elles doivent cesser lorsque cette pression n'est plus assez forte pour faire déborder la lave; et, lorsqu'il se fait un vide *sous les canaux*, lequel peut persévérer pendant plusieurs siècles à raison de la lenteur du mouvement de rotation du ménisque, le volcan est dans sa période de tranquillité.

(*) J'avais déjà écrit ce paragraphe lorsque le passage suivant du *Cosmos* m'est tombé sous les yeux :

« Les îles et les côtes sont plus riches en volcans, parce qu'aux soulèvements causés par les forces élastiques intérieures répond un affaissement dans le lit des mers. De là il résulte que les gonflements et les dépressions sont limitrophes, et qu'il se produit des failles profondes et de vastes crevasses sur la limite qui les sépare. » (*Cosmos*, t. IV.)

NOTE III.

RECHERCHE DU LIEU GÉOMÉTRIQUE DES INÉGALITÉS MAXIMA ET MINIMA, SUR LA SURFACE DE LA TERRE, CONSIDÉRÉE COMME UN ELLIPSOÏDE DE RÉVO-LUTION AUTOUR DE SON AXE DE ROTATION.

Soient a le rayon de l'équateur, b le rayon des pôles. La Terre étant considérée comme un ellipsoïde de révolution autour de son axe de rotation, que nous prendrons pour celui des z, son équation, rapportée à trois axes rectangulaires Ox, Oy, Oz, les deux premiers pouvant avoir une position quelconque, est

(1) $$a^2 z^2 + b^2 y^2 + b^2 x^2 = a^2 b^2.$$

Supposons que l'on change la direction des axes coordonnés, en conservant la même origine en faisant tourner le système autour de l'axe des y; les équations propres à cette transformation sont

$$x = x'\cos\alpha - z'\sin\alpha, \quad z = x'\sin\alpha + z'\cos\alpha,$$

α étant l'angle que font entre eux les axes Ox, Ox'.

Substituant ces valeurs dans (1), ordonnant et supprimant l'accent, il vient

$$(a^2\sin^2\alpha + b^2\cos^2\alpha)\,x^2 + (a^2\cos^2\alpha + b^2\sin^2\alpha)\,z^2$$
$$+ 2\sin\alpha\cos\alpha\,(a^2 - b^2)\,xz + b^2 y^2 = a^2 b^2.$$

Si l'on fait, dans ce résultat, $z = \text{const.} = k$, on aura

$$(a^2\sin^2\alpha + b^2\cos^2\alpha)\,x^2 + (a^2\cos^2\alpha + b^2\sin^2\alpha)\,k^2$$
$$+ 2\sin\alpha\cos\alpha\,(a^2 - b^2)\,kx + b^2 y^2 = a^2 b^2,$$

pour l'équation d'une section faite à l'ellipsoïde par un plan parallèle au nouveau plan des xy, et mené à une distance k de l'origine.

Soit, pour abréger,

$$a^2\sin^2\alpha + b^2\cos^2\alpha = m, \quad a^2\cos^2\alpha + b^2\sin^2\alpha = n,$$
$$2\sin\alpha\cos\alpha\,(a^2 - b^2)\,k = p,$$

cette équation deviendra

(2) $$mx^2 + px + b^2 y^2 = q,$$

en posant encore

$$a^2 b^2 - nk^2 = q.$$

On déduit de cette équation

$$y^2 = \frac{q - mx^2 - px}{b^2}.$$

Soit r la distance du point O, où la section coupe l'axe cz', à l'un des points de l'ellipse qui résulte de cette section, et dont mm' est la projection sur la section principale (*fig.* 1) passant par les axes cz, cz', en sorte que l'on ait

$$x^2 + y^2 = r^2.$$

Mettant dans cette dernière, pour y^2, sa valeur précédente, et réduisant au même dénominateur, on obtient

$$r^2 = \frac{b^2 x^2 + q - mx^2 - px}{b^2} = \frac{x^2(b^2 - m) - px + q}{b^2}.$$

Différentiant, en remarquant que m, p et q sont des constantes, on déduira du résultat de la différentiation

$$\frac{dr}{dx} = \frac{2x(b^2 - m) - p}{2 b^2 r}.$$

Or, dans le cas du maximum ou du minimum, on a

$$2x(b^2 - m) - p = 0,$$

ou, en remettant pour m et p ce que ces lettres représentent,

$$2x(b^2 - a^2\sin^2\alpha - b^2\cos^2\alpha) - 2\sin\alpha\cos\alpha(a^2 - b^2)k = 0,$$

d'où

$$x = \frac{\sin\alpha\cos\alpha(a^2 - b^2)k}{b^2\sin^2\alpha - a^2\sin^2\alpha} = -\frac{\sin\alpha\cos\alpha(a^2 - b^2)k}{\sin^2\alpha(a^2 - b^2)}$$

ou

(3) $$x = -\cot\alpha\, k.$$

Soit h le point où la section mm' rencontre la trace de l'équateur, sur la section principale; on a

$$\frac{Oh}{OC} = \tang OCh = \cot\alpha, \quad \text{d'où} \quad Oh = OC \cot\alpha = k\cot\alpha.$$

Oh est donc l'abscisse du point de l'ellipse (mm') correspondant à la valeur de x que l'on vient d'obtenir. Il en est de même évidemment pour toutes les sections qui rencontrent l'équateur entre e et e'.

Pour obtenir la valeur de l'ordonnée correspondante à cette valeur de x, il suffit de substituer à x sa valeur $-\cot\alpha.k$ dans la valeur précédente de y^2. Effectuant ces calculs on trouve

(4) $$y = \pm\sqrt{a^2 - \frac{k^2}{\sin^2\alpha}}.$$

Le rayon vecteur maximum ρ_M a donc pour valeur

$$\rho_M = \sqrt{\cot^2\alpha\, k^2 + a^2 - \frac{k^2}{\sin^2\alpha}},$$

ou, en remplaçant $\cot^2\alpha$ par $\dfrac{\cos^2\alpha}{\sin^2\alpha}$, et réduisant,

(5) $$\rho_M = \sqrt{a^2 - k^2}.$$

Cette analyse ne fait pas connaître le rayon vecteur minimum; mais il est facile de voir que ce rayon n'est autre que la distance de l'origine O au point où la trace mm' du plan coupant rencontre la section principale du côté opposé au rayon vecteur maximum.

Pour le prouver, nous allons démontrer d'abord que la droite mm', interceptée dans l'ellipse méridienne $e\,P\,e'\,P'$, est le petit axe de la petite ellipse résultant de la section faite à l'ellipsoïde par le plan coupant.

En effet, l'ellipse dont mm' est la projection est évidemment parfaitement symétrique par rapport à cette droite; par conséquent cette droite est elle-même l'un des axes de cette ellipse. Cela posé, transportons l'origine O au milieu de la droite mm', au moyen de la formule $x = x + \epsilon$; il vient ainsi, en substituant cette valeur dans l'équation (2),

$$m(6+x)^2 + p(6+x) + b^2y^2 \doteq q.$$

Développant, ordonnant et transposant, on obtient

$$mx^2 + (2m6+p)x + b^2y^2 = q - m6^2 - p6;$$

posant

$$2m6+p = 0, \quad \text{d'où} \quad 6 = -\frac{p^2}{2m},$$

et remplaçant 6 par cette valeur, dans le second membre, on aura, toute réduction faite,

$$mx^2 + b^2y^2 = q + \frac{p^2}{4m},$$

équation de la petite ellipse (mm') rapportée à son centre et à ses axes. Si l'on y fait successivement $y = 0$, $x = 0$, on en déduira pour les valeurs des demi-axes

$$x_1 = \frac{\sqrt{4mq+p^2}}{2m}, \quad y_1 = \frac{\sqrt{4mq+p^2}}{2b\sqrt{m}}.$$

Or,

$$m = a^2\sin^2\alpha + b^2\cos^2\alpha = (a^2 - b^2)\sin^2\alpha + b^2;$$

donc $m > b^2$, et, par suite, $2m > 2b\sqrt{m}$; par conséquent x_1 est le demi-petit axe et y_1 le demi-grand axe de la petite ellipse. Il est facile maintenant de prouver que om est le rayon vecteur *minimum*.

Fig. 5.

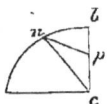

En effet, soit p un point pris sur le demi-petit axe cb d'une ellipse quelconque; menons cn et np, n étant un point quelconque pris sur l'ellipse. On a évidemment

$$cb < cn \quad \text{ou} \quad cn > cp + pb;$$

mais

$$np + cp > cn;$$

donc, *à fortiori*,

$$np + cp > cp + pb \quad \text{ou} \quad np > pb;$$

donc *pb* est le *minimum* des rayons vecteurs menés du point *p* aux divers points de l'ellipse. Il s'agit d'en trouver la grandeur.

Cette valeur minimum est évidemment la plus petite des valeurs de x que l'on obtient en faisant $y = 0$ dans l'équation (2) et résolvant l'équation résultante. Supposant donc $y = 0$ dans (2), il vient

$$mx^2 + px = q, \quad \text{d'où} \quad x = \frac{-p \pm \sqrt{4mq + p^2}}{2m}.$$

Par conséquent, le rayon vecteur minimum ρ_m a pour expression

$$(7) \qquad \rho_m = \frac{-p + \sqrt{4mq + p^2}}{2m}.$$

Lorsque $k = 0$, p devient nul, q se réduit à $a^2 b^2$, et l'on a conséquemment

$$\rho_m = \frac{ab}{\sqrt{m}} = \frac{b}{\sqrt{m}}, \quad \text{en faisant } a = 1.$$

La valeur trouvée pour le maximum de r ne convient que dans le cas où la trace *mm'* du plan coupant rencontre celle de l'équateur terrestre *ee'* entre les points *e* et *e'*. Il nous reste donc encore à examiner celui où le point d'intersection des deux traces est situé sur le prolongement de la seconde.

Par le point *e* de l'équateur (*fig.* 1) menons une perpendiculaire *enf* à l'axe CB; C*n* sera la limite des valeurs de *k*, à laquelle le maximum cesse d'avoir lieu sur la circonférence de l'équateur. A ce point, le rayon vecteur maximum est la partie du petit axe de la petite ellipse comprise entre les points d'intersection *n* et *e*; et il est facile de voir qu'il en est pareillement au delà de cette limite pour toutes les autres sections.

On conclut donc de l'analyse précédente que le lieu géométrique cherché se trouve sur la circonférence de l'équateur, et sur la section principale passant par les deux axes de rotation CP et CB.

Pour calculer la valeur d'un soulèvement *maximum* sur une section donnée parallèle à l'équateur du pôle B, dans l'hypothèse que nous avons adoptée, et sans avoir égard à l'action de la pesanteur ni aux résistances que l'enveloppe solide oppose aux pressions intérieures, il suffira de prendre la différence des rayons vecteurs maximum et minimum relatifs à la section considérée, puis de multiplier cette différence par le cosinus de l'angle que la normale à la surface, au point maximum, fait avec la direction du soulèvement, laquelle est toujours perpendiculaire à l'axe CB. On pourrait aisément trouver l'expression de ce cosinus; mais comme, dans la recherche dont il s'agit, on n'a pas besoin d'une rigoureuse exactitude, il suffira de prendre le cosinus de l'angle qui se rapporte au cas de la Terre sphérique, lequel ne diffère du premier que d'un petit nombre de minutes, comme on peut aisément le vérifier. Si l'on représente ce dernier par φ, on aura évidemment, pour une valeur donnée de k,

$$k_{\scriptscriptstyle 1} = a\sin\varphi \quad \text{ou} \quad \sin\varphi = k.$$

Par conséquent, le logarithme de k sera celui du cosinus de l'angle dont il s'agit, et l'on trouvera dans la table, à côté de ce logarithme, celui du cosinus du même angle.

NOTE IV.

CALCUL DU SOULÈVEMENT MAXIMUM SUR LA SECTION CENTRALE OU SUR L'ÉQUATEUR DE BEHRING.

Nous avons vu que les rayons vecteurs maximum et minimum sur cette section ont respectivement pour valeurs

$$\rho_{\scriptscriptstyle M} = 1, \quad \rho_{m} = \frac{b}{\sqrt{m}},$$

le demi-grand axe a étant égal à l'unité.

$$\log m = \overline{1},9976909 \qquad \rho_M = 1,00000$$
$$\log \sqrt{m} = \overline{1},9988454 \qquad \rho_m = 0,99932$$
$$\text{comp.} = 0,0011546 \qquad \Delta = 0,00068$$
$$\log b = \overline{1},9985499 \qquad \log \Delta = \overline{4},8325089$$
$$\log \rho_m = \overline{1},9997045 \qquad \log \Delta = 6,8046043,$$
$$\rho_m m = 0,99932 \qquad = 3,6371132, \ \mathrm{N} = 4336^{\mathrm{m}}.$$

(Pour réduire en mètres la différence trouvée, il faut évidemment la multiplier par le nombre de mètres que renferme le demi-grand axe a.)

NOTE V.

CALCUL DU SOULÈVEMENT MAXIMUM SUR LA SECTION PASSANT PAR LE PÔLE B.

Cherchons d'abord l'expression analytique du rayon de l'ellipsoïde qui aboutit au pôle **B**.

L'équation de la section principale passant par les deux axes de rotation, et rapportée au premier système de coordonnées, est

$$a^2 z^2 + b^2 x^2 = a^2 b^2 ;$$

celle de la droite CB est

$$z = - \cot \alpha\, x.$$

Combinant entre elles ces deux équations, on a, pour le point d'intersection de la droite et de la courbe,

$$a^2 \cot^2 \alpha\, x^2 + b^2 x^2 = a^2 b^2,$$

ou

$$x^2 (a^2 \cos^2 \alpha + b^2 \sin^2 \alpha) = a^2 b^2 \sin^2 \alpha,$$

d'où

$$x = \frac{ab \sin \alpha}{a^2 \cos^2 \alpha + b^2 \sin^2 \alpha} = \frac{b \sin \alpha}{\sqrt{n}} ;$$

par suite,

$$z = - \frac{b \cos \alpha}{\sqrt{n}},$$

et par conséquent

$$CB = \frac{b}{\sqrt{n}}.$$

Pour avoir la valeur de la distance du pôle B au point d'intersection g (*fig.* 1), il suffira donc de faire $y = 0$ et $k = \dfrac{b}{\sqrt{n}}$ dans l'équation (2). On a ainsi, en représentant par p_1 le coefficient de k dans la valeur de p,

$$mx^2 + \frac{p_1 b}{\sqrt{n}} = 0, \quad \text{d'où} \quad x = -\frac{p_1 b}{m\sqrt{n}}.$$

Calcul numérique de cette quantité.

$$\log n = \overline{1},9994090 \qquad 0,0026046$$

$$\log \sqrt{n} = \overline{1},9997045$$
$$\log m = \overline{1},9976909$$

$$\overline{1},9973954$$
$$\text{comp.} = 0,0026046$$
$$\log p_1 = \overline{3},7295849$$
$$\log b = \overline{1},9985499$$

$$\overline{3},7307394 \;\Big\}\; 4,5353437$$
$$\log a = 6,8046043 \;\Big\}\; N = 34383^m$$
$$\log \cos \varphi = \overline{2},8624378$$

$$\overline{3},3977815\dots N = 2499^m.$$

Si l'on exécute des calculs semblables sur divers parallèles à l'équateur B, on trouvera que les grandeurs des soulèvements, estimées suivant leur direction commune qui est perpendiculaire à l'axe CB, vont en augmentant depuis cet équateur jusqu'au pôle B. Pour mieux apprécier l'influence des pressions intérieures, concevons que, dans chaque section mm', on ait décomposé la pression intérieure en deux autres, l'une dirigée suivant la normale, et l'autre suivant la tangente à la surface du sphéroïde, au point où se produit le soulèvement maximum. La première composante tendra à soulever la croûte terrestre dans le sens vertical, la seconde à la repousser dans le sens horizontal. La première a sa plus grande valeur à l'équateur B (*), puis elle va sans cesse en diminuant jusqu'au pôle B; la seconde, au contraire, est nulle à l'équateur, et croît ensuite jusqu'au pôle B. Ces deux pressions, bien qu'elles soient perpendiculaires l'une à l'autre, ne produisent pourtant pas des effets indépendants l'un de l'autre; car, si l'on suppose à la croûte terrestre assez peu d'épaisseur pour être brisée par la pression intérieure, la matière en fusion débordera en se répandant en nappe sur la surface terrestre. Or cet épanchement aura évidemment pour effet de diminuer le soulèvement dans le sens vertical, et cela d'autant plus que la direction mm' fera un angle plus petit avec l'horizon. Cet angle diminuant à mesure qu'on s'éloigne de l'équateur B, il s'ensuit que cette cause doit contribuer à rendre les soulèvements de moins en moins élevés. Ces considérations doivent suffire pour nous montrer qu'il est tout à fait impossible de déterminer, par un calcul rigoureux, la position du parallèle sur lequel a lieu le soulèvement maximum; mais ce soulèvement maximum existe évidemment entre l'équateur B et son pôle. Le mode d'action des pressions intérieures nous prouve en outre qu'il doit s'être produit des plateaux très-élevés entre l'équateur B et son pôle qui doivent se terminer brusquement vers ce dernier, parce que la grandeur du soulèvement, dans le sens vertical, dépend du cosinus de l'angle que fait la direction mm' avec la normale à la surface, et que ce cosinus diminue très-rapidement dans les grands angles.

Ces déductions théoriques paraissent se vérifier assez bien dans le relief actuel de la Terre. Nous avons vu, en effet, que, dans l'hémisphère boréal, toute l'Asie centrale ne forme qu'un immense plateau traversé par des chaînes de montagnes présentant les cimes les plus élevées du globe, et que ce plateau s'infléchit rapidement vers l'océan Glacial arctique; que, dans l'hémisphère austral, il existe, dans une position à peu près symétrique à la première, de très-hauts plateaux environnés de montagnes fort élevées, dans la vallée de Titicaca.

(*) Par abréviation pour l'équateur de Behring.

Résumons maintenant tout ce qui a rapport aux grandeurs des soulèvements.

1° Les inégalités maxima et minima doivent se trouver sur la circonférence de l'équateur et sur le méridien de Behring.

2° L'équateur de Behring ne passe sur aucun point de la surface du globe ayant plus de 4300 mètres environ d'élévation.

3° Les plus hautes chaînes de montagnes doivent se trouver entre l'équateur B et son pôle, et leurs directions doivent être à peu près parallèles à cet équateur.

4° Enfin, les régions polaires ne doivent offrir aucune élévation remarquable.

Ce qui est à peu près conforme au relief actuel de la surface du globe.

Pour compléter ce travail, il nous resterait à le traiter sous un point de vue purement géologique; car si notre hypothèse sur la cause des soulèvements est fondée, on doit en trouver dés preuves dans les manifestations de toute nature dont les forces soulevantes ont laissé des traces si nombreuses sur la surface terrestre. On devrait surtout remarquer de vastes terrains d'épanchements sur les immenses plateaux que nous avons signalés comme étant les régions où ces forces ont eu le plus de tendance à rejeter les matières liquéfiées dans le sens horizontal, c'est-à-dire les plateaux de l'Asie centrale et les régions situées près du détroit de Behring, etc. Malheureusement ces parties de la surface du globe sont précisément celles qu'on a le moins explorées. Je ne désespérerai pas néanmoins de l'avenir de cette question, si les éminents géologues qui ont fait faire de si grands progrès à la science trouvent cette étude digne de leur attention.

FIN.

IMPRIMERIE DE GAUTHIER-VILLARS, successeur de MALLET-BACHELIER.
Paris, rue de Seine-Saint-Germain, 10, près l'Institut.

PARIS. — IMPRIMERIE DE GAUTHIER-VILLARS,

Rue de Seine-Saint-Germain, 10, près l'Institut.